名俳句一〇〇〇

佐川和夫篇

彩図社

目次

序

俳句に親しみ風雅に遊ぶことは、日々せわしなく浮世を漂う私にとってささやかな幸福感に浸るひとときである。難解な俳句も多い中、俳句の素養のない私にも一読して句義がわかり、あたかも上等なワインを舌でころがし味わうように味読できる俳句と出会う度に、私はそれらを少しずつ書き溜めてきた。そして、いつしかそれは一〇〇〇句に及んだ。私の余計な解釈や批評を一切排して、それら一句一句の世界の中を自由に逍遥しながらそこに満ちている馥郁たる香りを満喫できるように、ここに俳句のみを季題別、年代順に列挙することにした。手元に置いて好きなときに手軽に繙ける珠玉のアンソロジーになったのではないかと、ひそかに自負している。

最後に、この小冊子が俳句を愛するすべての人にとって、創作や鑑賞する際の一助になるならば、俳句を嗜む風流人としてこれに優る喜びはない。

佐川和夫

名俳句一〇〇〇

俳人の略歴

①生年〜没年
②生誕地
③作品
④享年

春の部

西《にし》山《やま》宗《そう》因《いん》　①1605〜1682②肥後国《ひごのくに》熊本③「宗因千句」④78歳

菜の花や一本咲きし松のもと

川《かわ》井《い》智《ち》月《げつ》　①?〜1708頃②未詳③「雀を放つ詞」④未詳

やまざくらちるや小川の水車

松《まつ》尾《お》芭《ば》蕉《しょう》　①1644〜1694②伊賀国《いがのくに》上野③「おくのほそ道」④51歳

春雨や蓬《よもぎ》をのばす草の道

さまざまの事思ひ出す桜かな

梅が香にのつと日の出る山路かな

春雨の木下《こした》につたふ清水かな

春雨や蜂の巣つたふ屋根の漏《も》り

雲雀《ひばり》より空にやすらふ峠哉

おもしろやことしのはるも旅の空

菜畑に花見顔なる雀かな

山路来て何やらゆかしすみれ草《ぐさ》

（注）ゆかし…なんとなく慕わしい

前髪もまだ若草の匂ひかな

河《かわ》合《い》　曾《そ》良《ら》　①1649～1710　②信濃国《しなののくに》上諏訪　③「奥の細道随行日記」　④62歳

菜の花の盛りに一夜啼《な》く田螺《たにし》

池《いけ》西《にし》言《ごん》水《すい》
①1650〜1722②大和国《やまとのくに》奈良③編著「江戸新道《しんみち》」④73歳

猫逃げて梅ゆすりけり朧月

服《はっ》部《とり》嵐《らん》雪《せつ》
①1654〜1707②江戸③編著「其袋《そのふくろ》」④54歳

うめ一輪一りんほどのあたたかさ

小《こ》西《にし》来《らい》山《ざん》
①1654〜1716②大阪③句文集「今宮草《いまみやぐさ》」④63歳

春風や堤ごしなる牛のこゑ

湯屋まではぬれて行けり春の雪

春雨や火燵の外へ足を出し
見返れば寒し日暮れの山桜

森《もり》川《かわ》許《きょ》六《りく》　①1656〜1715②近江国彦根《おうみのくにひこね》③俳文選集「本朝文選《もんぜん》」④60歳

苗代《なえしろ》の水にちりうくさくらかな

内《ない》藤《とう》丈《じょう》草《そう》　①1662〜1704②尾張国《おわりのくに》犬山③随筆「寝ころび草」④43歳

大原や蝶の出て舞ふ朧月
春雨やぬけ出たまゝの夜着の穴

榎《えの》本《もと》其《き》角《かく》　①1661〜1707②江戸③句集「五元集」④46歳

夕日影町中《まちなか》に飛ぶこてふ哉

雀子《すずめこ》やあかり障子の笹の影

上《うえ》島《しま》鬼《おに》貫《つら》　①1661〜1738②摂津国伊丹《せっつのくにいたみ》③編著「大悟物狂《たいごものぐるい》」④78歳

春の日や庭に雀の砂あびて

松《まつ》木《き》淡《たん》々《たん》　①1674〜1761②大阪西横堀③編著「淡々文集」④88歳

囀《さえず》るや蔵も障子も木々の影

千《ち》代《よ》尼《に》　①1703〜1775②加賀国松任《かがのくにまっとう》③「千代尼句集」④73歳

分け入れば水音ばかり春の草

炭《たん》太《たい》祇《ぎ》　①1709〜1771②江戸③「太祇句集」④63歳

ふらここの会釈こぼるるや高みより

（注）ふらここ…ぶらんこ

川下に網うつ音や朧月

漏《も》る雨を人と語るや春の宵《よい》

高《たか》橋《はし》梨《り》一《いち》　①1714〜1783②江戸③「大和巡り」④70歳

春の日や遊び遊びて竹のおく

与《よ》謝《さ》蕪《ぶ》村《そん》

①1716〜1783②摂津国東成《せっつのくにひがしなり》郡③「蕪村句集」④68歳

よき人を宿す小家や朧月

鶯《うぐいす》の啼くや小さき口あいて

畑《はた》打つやうごかぬ雲もなくなりぬ

春風や堤長うして家遠し

関の戸の火鉢ちいさき余寒哉

春雨や人住みて煙壁を洩る

陽炎《かげろう》や名もしらぬ虫の白き飛ぶ

菜の花や昼ひとしきり海の音

春の夜や盥《たらい》をこぼす町外れ

雛《ひな》祭る都はづれや桃の月

椿落ちてきのふの雨をこぼしけり

旅人の鼻まだ寒し初ざくら

ゆき暮れて雨もる宿やいとざくら

桜より桃にしたしき小家かな

やなぎから日のくれかかる野道かな

我帰る道行く筋ぞ春の草

草霞《かす》み水に声なき日ぐれかな

下駄かりてうら山道を梅見哉

釣鐘《つりがね》にとまりてねむるこてふ哉

古井戸のくらきに落つる椿かな

これきりに小道つきたり芹《せり》の中

花に暮《くれ》て我《わが》家遠き野道かな

春雨や小《こ》磯《いそ》の小貝ぬるゝほど

大《おお》島《しま》蓼《りょう》太《た》　①1718〜1787②信濃国《しなののくに》伊那大島村③「蓼太句集」④70歳

世の中は三日見ぬ間に桜かな

三《み》宅《やけ》嘯《しょう》山《ざん》 ①1718〜1801②京都③編著「俳人古選」④84歳

若くさや人の来《こ》ぬ野の深みどり

高《たか》桑《くわ》闌《らん》更《こう》 ①1726〜1798②加賀国《かがのくに》金沢③編著「花の故事」④73歳

蛙啼く田の水うごく月夜かな

黒《くろ》柳《やなぎ》召《しょう》波《は》 ①1727〜1771②京都③「春泥句集」④45歳

月更けて桑に音ある蚕《かいこ》かな

三《み》浦《うら》樗《ちょ》良《ら》 ①1729〜1780②志摩国鳥羽《しまのくにとば》③「樗良発句集」④52歳

すかし見て星に淋しき柳かな

加《か》藤《とう》暁《きょう》台《たい》 ①1732〜1792②尾張国《おわりのくに》名古屋③編著「蛙啼集《あていしゅう》」④61歳

春風や浅田の小浪あさみどり

菫《すみれ》つめばちひさき春のこころかな

加《か》舎《や》白《しら》雄《お》 ①1738〜1791②江戸深川③「白雄句集」④53歳

蠟燭《ろうそく》のにほふ雛《ひいな》の雨夜《あまよ》かな

雛《ひな》の影桃の影壁に重なりぬ

夕風や野川を蝶の越《こえ》しより

二またになりて霞《かす》める野川《のがわ》かな

高《たか》井《い》几《き》董《とう》 ①1741～1789②京都③編著「其雪影《そのゆきかげ》」④49歳

青海苔《あをのり》や石《いは》の窪みの忘れ汐《じほ》
うら店やたんすの上の雛祭

夏《なつ》目《め》成《せい》美《び》 ①1749～1816②未詳③句集「成美家集」④67歳

あふむけば口いっぱいにはる日哉

寺《てら》村《むら》百《ひゃく》池《ち》 ①1749～1835②未詳③句集「月並発句帖」④87歳

鶯の影も口明《あ》く日《ひ》南《なた》哉

岩《いわ》間《ま》乙《おつ》二《に》 ①1755～1823②未詳③「松窓《しょうそう》乙二発句集」④69歳

春雨や木《こ》の間《ま》に見ゆる海の道

建《たけ》部《べ》巣《そう》兆《ちょう》
①1761〜1814②江戸日本橋③編著「武蔵野」④54歳

菜の花や小窓の内にかぐや姫

酒《さか》井《い》抱《ほう》一《いつ》
①1761〜1828②江戸神田③「江戸続八百韻」④67歳

花びらの山を動かすさくらかな

小《こ》林《ばやし》一《いっ》茶《さ》
①1763〜1827②信濃国《しなののくに》水内郡③「一茶発句集」④64歳

山焼や夜はうつくしき信濃川

目《め》出《で》度《た》さもちう位也おらが春

寝ころんで蝶泊らせる外《そと》湯《ゆ》哉

鶏《にわとり》の座敷を歩く日永かな

春の野辺橋なき川へ出でにけり

梅が香《か》に障子開けば月夜哉

子どもらも頭に浴びる甘茶かな

山寺や蝶が受取る甘茶水

凧《たこ》抱いたなりですやすや寝たりけり

うら住や五尺の空も春のてふ

うら門のひとりでに明《あ》く日永哉

内《ない》藤《とう》鳴《めい》雪《せつ》 ①1847〜1926 ②未詳 ③「鳴雪句集」 ④78歳

夕月や納屋も廐《うまや》も梅の影

伊《い》藤《とう》松《しょう》宇《う》 ①1859〜1943 ②長野県 ③「松宇家集」 ④83歳

長閑《のどか》さに日暮れて未《いま》だ戸もささず

村《むら》上《かみ》鬼《き》城《じょう》 ①1865〜1938 ②江戸 ③「鬼城句集」 ④73歳

生きかはり死にかはりして打つ田かな

残雪やごうごうと吹く松の風

新しき蒲団に聴くや春の雨

川底に蝌蚪《かと》の大国ありにけり

闘鶏《とうけい》の眼《まなこ》つぶれて飼はれけり

正《まさ》岡《おか》子《し》規《き》

①1867〜1902②愛媛県松山市③句集「寒山落木」④35歳

淡雪《あわゆき》のうしろ明るき月夜かな

あたゝかに白壁ならぶ入江哉

めでたしや娘ばかりの雛の宿

旅籠《はたご》屋《や》に夕《ゆう》餉《げ》待つ間の暮遅し

居酒屋の喧嘩《けんか》押し出す朧月

うたゝ寝に風引く春の夕哉

ランプ消して行燈《あんどん》ともすや遠蛙

庭に出でて物種まくや病み上り

のどかさや杖《つえ》ついて庭を徘徊す

島々に灯をともしけり春の海

下町は雨になりけり春の雪

春の日の暮れて野末《のずえ》に灯《ひ》ともれり

銭湯で上野の花の噂《うわさ》かな

菜の花の中に川あり渡し船
人に貸して我に傘なし春の雨
下駄借りて宿屋出づるや朧月
手に満つる蜆《しじみ》うれしや友を呼ぶ
土筆《つくし》煮て飯くふ夜の台所
蛤《はまぐり》の荷よりこぼるるうしほかな
ひらひらと蝶々黄なり水の上
春の蚊や一つとまりし雛の顔
菜の花やぱつとあかるき町はづれ

荷車に娘のせたり桃の花

薄赤き顔並びけり桃の酒

長閑《のどか》さや障子の穴に海見えて

夏《なつ》目《め》漱《そう》石《せき》　①1867～1916②東京都新宿区③「漱石俳句集」④49歳

窓低し菜の花明り夕曇り

菜の花の中へ大きな入日かな

菜の花の中に小川のうねりかな

腸《はらわた》に春滴《したた》るや粥《かゆ》の味

永き日や欠伸《あくび》うつして別れ行く

若草や水の滴《した》たる蜆籠《しじみかご》

陽炎《かげろう》に蟹《かに》の泡《あわ》ふく干潟《ひがた》かな

菜の花の中の小家や桃一本

松《まつ》瀬《せ》 青《せい》々《せい》

①1869～1937②大阪③句集「妻木」④67歳

暁《あかつき》や北斗を浸す春の潮

春風が空の中から吹いて来る

篠《しの》原《はら》 温《おん》亭《てい》

①1872～1926②熊本県③「温亭句集」④54歳

菫《すみれ》越して小さき風や渡りけり

石井露月《いしいろげつ》 ①1873〜1928②秋田県③「露月句集」④55歳

山遊び我に随《したが》ふ春の雲

河東碧梧桐《かわひがしへきごとう》 ①1873〜1937②愛媛県松山市③「碧梧桐句集」④63歳

海明りして菜の花に行く夜かな

庭を出でて道の細さよ花薺《はななずな》

高浜虚子《たかはまきょし》 ①1874〜1959②愛媛県松山市③句集「五百句」④86歳

春の夜や机の上の肱《ひじ》まくら

坂の茶屋前ほとばしる春の水

草間《そうかん》に光りつづける春の水
眼つむれば若き我あり春の宵
大試験山の如くに控へたり
更けゆくや花に降りこむ雨の音
静《しず》かさや花なき庭の春の雨
竹林にすき見ゆ家や春の雨
桃咲くや足投げ出して針仕事
灯をともす指の間の春の闇

臼《うす》田《だ》亜《あ》浪《ろう》　①1879〜1951②長野県小諸市③「亜浪句集」④72歳

啓蟄《けいちつ》の虫におどろく縁の上
夕暮の水のとろりと春の風
山桜白きが上の月夜かな

永《なが》井《い》荷《か》風《ふう》①1879〜1959②東京③「荷風句集」④79歳

うぐひすや障子にうつる水の紋《あや》

種《たね》田《だ》山《さん》頭《とう》火《か》①1882〜1940②山口県防府市③句集「鉢の子」④57歳

蜂がてふちよが草がなんぼでも咲いて

渡《わた》辺《なべ》水《すい》巴《は》　①1882〜1946②東京都台東区③「水巴句集」④64歳

かたまつて薄き光の菫かな

空も星もさみどり月夜春めきぬ

てのひらに落花とまらぬ月夜かな

前《まえ》田《だ》普《ふ》羅《ら》　①1884〜1954②東京③「普羅句集」④70歳

熊笹に虫とぶ春の月夜かな

オリオンの真下春立つ雪の宿

月出でて一枚の春田輝けり

荻《おぎ》原《わら》　井《せい》泉《せん》水《すい》　①1884～1976②東京都港区③句集「湧《わき》出《いず》るもの」④91歳

声がひばりの声ばかりとなつてまつぴる

途で会つてちようちようおなじ会へ行く

水が水とうたいはじめる春になる

石、蝶が一羽考えている

さくらさくら小さな駅ごとにとまつてゆく

春風や野へ出でて君に語る事

たんぽぽたんぽぽ砂浜に春が目を開く

ふらふらと凧泳ぎ出る淋しい村見ゆ

尾《お》崎《ざき》放《ほう》哉《さい》　①1885〜1926②鳥取県鳥取市③「放哉俳句集」④41歳

蛙たくさん鳴かせ灯を消して寝る

飯《いい》田《だ》蛇《だ》笏《こつ》　①1885〜1962②山梨県東八代郡③句集「霊芝《れいし》」④77歳

行くほどにかげろふ深き山路かな

花の風山蜂高くわたるかな

いきいきとほそ目かがやく雛《ひいな》かな

春灯やはなのごとくに嬰《こ》のなみだ

富《とみ》安《やす》風《ふう》生《せい》　①1885〜1979②愛知県一宮町③句集「草の花」④93歳

ペン皿のうすき埃《ほこり》や花曇
菜の花といふ平凡を愛しけり
春の町帯のごとくに坂を垂れ
目を細め青麦の風柔かし
想ふこと春夕焼より美しく

原《はら》 石《せき》 鼎《てい》 ①1886～1951②島根県出雲市③「石鼎句集」④65歳

蝶の影二つとなりし土筆《つくし》かな

久《く》保《ぼ》田《た》 万《まん》太《た》郎《ろう》 ①1889～1963②東京都台東区③句集「道芝」④73歳

豆の花海にいろなき日なりけり
げんげ田のうつくしき旅つづけけり
あたたかやしきりにひかる蜂の翅《はね》
三月や水をわけゆく風の筋

杉《すぎ》田《た》久《ひさ》女《じょ》 ①1890〜1946②鹿児島市③「杉田久女句集」④55歳

水底《みなそこ》に映れる影もぬるむなり

芥《あくた》川《がわ》龍《りゅう》之《の》介《すけ》 ①1892〜1927②東京③「澄江堂句集」④35歳

春の夜や小《お》暗《ぐら》き風呂に沈み居《い》る

山《やま》口《ぐち》青《せい》邨《そん》　①1892〜1988②岩手県盛岡市③句集「雑草園」④96歳

四月馬鹿ローマにありて遊びけり

わが句帖菫をはさむ貧しければ

春立つと拭《ぬぐ》ふ地球儀みづいろに

子供等に夜が来れり遠蛙

高《たか》野《の》素《す》十《じゅう》　①1893〜1976②茨城県藤代町③句集「初鴉」④83歳

春の雪波の如くに塀をこゆ

野に出れば人みなやさし桃の花

夕空や日のあたりゐる凧一つ

瀧《たき》井《い》孝《こう》作《さく》

夕あたたか星僅《わず》か出る窓の空

①1894〜1984②岐阜県高山③「折柴句集」④90歳

川《かわ》端《ばた》茅《ぼう》舎《しゃ》

春泥《しゅんでい》に子等のちんぼこならびけり

①1897〜1941②東京都中央区③「川端茅舎句集」④43歳

横《よこ》光《みつ》利《り》一《いち》

残る雪枯草よりも沈みゐる

①1898〜1947②福島県③「紋章」（小説）④49歳

橋《はし》本《もと》多《た》佳《か》子《こ》

①1899〜1963②東京③句集「信濃」④64歳

春の暮白き障子を光とし

阿《あ》波《わ》野《の》青《せい》畝《ほ》 ①1899〜1992②奈良県高取町③句集「万両」④93歳

桜貝軒端の砂にうちまじり

畑《はた》打《う》つや土よろこんでくだけけり

三《み》好《よし》達《たつ》治《じ》 ①1900〜1964②大阪市③句集「柿の花」④63歳

街角の風を売るなり風車

中《なか》村《むら》汀《てい》女《じょ》 ①1900〜1988②熊本市③「汀女句集」④88歳

外《と》にも出よ触るるばかりに春の月

たんぽぽや日はいつまでも大空に

泣いてゆく向ふに母や春の風

ゆで玉子むけばかがやく花曇

日《ひ》野《の》草《そう》城《じょう》①1901〜1956②東京都台東区③「草城句集花氷」④54歳

春の夜のわれをよろこび歩きけり

うららかなけふのいのちを愛しけり

妻も覚めて二こと三こと夜半の春

ものの種にぎればいのちひしめける

春の宵妻のゆあみの音きこゆ

うららかや猫にものいふ妻のこゑ

ゆふぐれのしづかな雨や水草《みくさ》生《お》ふ

枕辺の春の灯は妻が消しぬ

ふり仰ぐ黒き瞳やしやぼん玉

花影を身にふりかむる月夜かな

中《なか》村《むら》草《くさ》田《た》男《お》　①1901〜1983②中国福建省③句集「来し方行方」④82歳

土手の木の根元に遠き春の雲

入学試験幼き頸《くび》の溝《みぞ》ふかく

芝《しば》不《ふ》器《き》男《お》　①1903〜1930②愛媛県松野町③「不器男句集」④26歳

卒業の兄と来てゐる堤かな

空の光の湯の面にありぬ二月風呂

向ふ家にかがやき入りぬ石鹸玉

板橋や春もふけゆく水あかり

星《ほし》野《の》立《たつ》子《こ》　①1903〜1984②東京③「立子句集」④80歳

たんぽぽの皆上向きて正午なり

囀《さえず》りをこぼさじと抱く大樹かな
まま事の飯もおさいも土筆かな
春の星奏でる如く電線に

大《お》野《お》林《の》火《りん》《か》

あをあをと空を残して蝶分れ
春祭宿の障子をあけて見る
山ざくら水平の枝のさきに村

①1904～1982②神奈川県横浜市③句集「海門」④78歳

松《まつ》本《もと》たかし

①1906～1956②東京都千代田区③「松本たかし句集」④50歳

竹山に春の虹立つ間近さよ
またたきて枯木の中の星は春
ひく波の跡美しや桜貝

長谷川《はせがわ》素逝《そせい》　①1907～1946②大阪市③句集「砲車」④39歳

水のごとすみゆく白さ花夕べ
ねむい子にそとはかはづのなく月夜

安住《あずみ》敦《あつし》　①1907～1988②東京都港区③句集「まづしき饗宴」④81歳

水を出て家鴨寄り添ふ暮春かな

石《いし》田《だ》波《は》郷《きょう》　①1913～1969②愛媛県松山市③「石田波郷句集」④56歳

バスを待ち大路《おほじ》の春をうたがはず

生き得《え》たりいくたびも降る春の雪

きらきらと八十八夜の雨墓に

木《きの》下《した》夕《ゆう》爾《じ》　①1914～1965②広島県福山③句集「遠雷」④50歳

家々や菜の花いろの燈をともし

夕東風《こち》のともしゆく燈のひとつづつ

春雨やみなまたたける水たまり

蜂あゆめり露台にのこる日のぬくみ

げんげ野《の》のはるかに貨車の伸びちぢみ

野《の》見《み》山《やま》朱《あす》鳥《か》　①1917～1970　②福岡県直方《のおがた》市　③句集「天馬」　④52歳

蝌《か》蚪《と》乱れ一大交響楽おこる

飯《いい》田《だ》龍《りゅう》太《た》　①1920～2007　②山梨県東八代郡　③句集「童眸」　④86歳

春の雲人に行方を聴くごとし

いきいきと三月生《うま》る雲の奥

村遠くはなれて丘のさくら咲く

上《うえ》田《だ》五《ご》千《せん》石《ごく》　①1933～1997②東京③句集「田園」④63歳

まがりても花のあんずの月夜道

夏の部

松《まつ》尾《お》芭《ば》蕉《しょう》 ①1644〜1694 ②伊賀国《いがのくに》上野 ③「おくのほそ道」 ④51歳

やがて死ぬけしきは見えずせみの声

さざれ蟹《がに》足はひのぼる清水哉

島々《しまじま》や千々《ちぢ》に砕《くだ》けて夏の海

夏草や兵共《つわものども》がゆめの跡

秋ちかき心の寄や四畳半

ほとゝぎす声横たふや水の上

ほとゝぎす大竹藪《やぶ》をもる月夜

夕顔や酔てかほ出す窓の穴

蛸壺《たこつぼ》やはかなき夢を夏の月

杉《すぎ》山《やま》杉《さん》風《ぷう》　①1647〜1732②江戸③「杉風句集」④86歳

五月雨《さみだれ》に蛙のおよぐ戸口哉

河《かわ》合《い》曾《そ》良《ら》　①1649〜1710②信濃国《しなののくに》上諏訪③「奥の細道随行日記」④62歳

露やふる蜘蛛の巣ゆがむ軒の月

池《いけ》西《にし》言《ごん》水《すい》　①1650〜1722②大和国《やまとのくに》奈良③「江戸新道」④73歳

毛虫落ちてままごと破る木陰《こかげ》かな

向《むか》井《い》去《きょ》来《らい》　①1651～1704②長崎後興善《うしろこうぜん》町③「去来抄」④54歳

手のうえにかなしく消ゆる螢かな

服《はっ》部《とり》嵐《らん》雪《せつ》　①1654～1707②江戸③編著「其袋《そのふくろ》」④54歳

竹の子や児《ちご》の歯ぐきのうつくしき

小《こ》西《にし》来《らい》山《ざん》　①1654～1716②大阪③句文集「今宮草」④63歳

水ふんで草で足ふく夏野かな

森《もり》川《かわ》許《きょ》六《りく》　①1656～1715②近江国彦根《おうみのくにひこね》③俳文選集「本朝文選《もんぜん》」④60歳

涼風《すずかぜ》や青田《あおた》のうへの雲の影

椎《しい》本《もと》才《さい》麿《まろ》 ①1656～1738②大和国宇陀郡《やまとのくにうだ》③編著「坂東太郎」④83歳

猫の子に嗅《か》がれてゐるや蝸虫《かたつむり》

内《ない》藤《とう》丈《じょう》草《そう》 ①1662～1704②尾張国《おわりのくに》犬山③随筆「寝ころび草」④43歳

夕立にはしり下るや竹の蟻

蚊《か》帳《や》を出て又障子あり夏の月

榎《えの》本《もと》其《き》角《かく》 ①1661～1707②江戸③句集「五元集」④46歳

雨蛙芭蕉にのりてそよぎけり

蕣《あさがお》にしばしこてふの光哉

ゆふだちや螽《いなご》ちいさき草の原

上《うえ》島《しま》鬼《おに》貫《つら》　①1661〜1738②摂津国伊丹《せっつのくにいたみ》③編著「大悟物狂《たいごものぐるい》」④78歳

行水の捨てどころなき虫の声

飛ぶ鮎《あゆ》の底に雲ゆく流かな

志《し》太《だ》野《や》坡《ば》　①1662〜1740②越前国《えちぜんのくに》福井③共著「炭俵《すみだわら》」④79歳

行く雲を寝てゐて見るや夏座敷

五月雨《さみだれ》に小鮒《こぶな》をにぎる子供かな

立花《たちばな》　北枝《ほくし》　①？〜1718　②加賀国《かがのくに》小松　③編著「卯辰集《うたつ》」　④未詳

さびしさや一尺消《きえ》てゆくほたる

中川《なかがわ》　乙由《おつゆう》　①1675〜1739　②伊勢国《いせのくに》　③家集「麦林集《ばくりん》」　④65歳

うき草や今朝はあちらの岸に咲く

長谷川《はせがわ》　馬光《ばこう》　①1685〜1751　②未詳　③「馬光発句集《ばこうほっく》」　④67歳

今植ゑた竹に客あり夕すずみ

炭《たん》　太祇《たいぎ》　①1709〜1771　②江戸　③「太祇句集」　④63歳

うつす手に光る螢や指のまた

与《よ》謝《さ》蕪《ぶ》村《そん》

①1716～1783②摂津国東成郡《せっつのくにひがしなり》③「蕪村句集」④68歳

愁ひつつ岡にのぼれば花いばら

夏河を越すうれしさよ手に草履《ぞうり》

花いばら故郷の路に似たるかな

短夜《みじかよ》や小店明けたる町はづれ

夜水とる里人の声や夏の月

飛蟻《はあり》とぶや富士の裾《すそ》野《の》の小家《こいえ》より

牡《ぼ》丹《たん》散つてうちかさなりぬ二《に》三《さん》片《ぺん》

山畑を小《こ》雨《さめ》晴《はれ》行《ゆく》わかか葉かな

床低き旅のやどりや五月雨《さつきあめ》
夕立や草葉をつかむ村雀

三《み》浦《うら》樗《ちょ》良《ら》　①1729〜1780②志摩国鳥羽《しまのくにとば》③「樗良発句集」④52歳

すずしさや袖《そで》にさし入る海の月
みな月《づき》の朝がほすずし朝の月

吉《きっ》川《かわ》五《ご》明《めい》　①1731〜1803②未詳③編著「小夜話」④73歳

転寝《うたたね》の瞼を徹《とお》す若葉かな

蝶《ちょう》夢《む》　①1732〜1795②京都③編著「十論集」④64歳

きらきらと雨もつ麦の穂なみかな

加舎《かや》白雄《しらお》　①1738～1791②江戸深川③「白雄句集」④53歳

子規《ほととぎす》なくや夜明の海がなる

松岡《まつおか》青蘿《せいら》　①1740～1791②播磨国《はりまのくに》姫路③「青蘿発句集」④52歳

角《つの》上げて牛人を見る夏野かな

高井《たかい》几董《きとう》　①1741～1789②京都③編著「其雪影《そのゆきかげ》」④49歳

明けいそぐ夜《よ》のうつくしや竹の月

西《にし》村《むら》定《てい》雅《が》①1744〜1826②未詳③編著「反古瓢《はんこひさご》」④83歳

涼しさや投出す足に月の影

夏《なつ》目《め》成《せい》美《び》①1749〜1816②未詳③句集「成美家集」④67歳

撫子《なでしこ》の節ぶしにさす夕陽かな

高《たか》橋《はし》東《とう》皐《こう》①1752〜1819②未詳③句集「奥美人」④68歳

夏と秋と行交ふ空や流星

小《こ》林《ばやし》一《いっ》茶《さ》①1763〜1827②信濃国《しなののくに》水内郡③「一茶発句集」④64歳

夏山や一足づつに海見ゆる

しづかさや湖水の底の雲のみね

涼風《すずかぜ》の曲がりくねつて来たりけり

りんりんと凧《たこ》上がりけり青田原

大の字に寝て涼しさよ淋《さみ》しさよ

入梅や蟹かけ歩く大座敷

寝せつけし子のせんたくや夏の月

井上《いのうえ》井月《せいげつ》　①1822〜1887②越後国《えちごのくに》長岡③編著「越後獅子」④66歳

明易《あけやす》き夜を身の上の談《はな》しかな

暑き夜の荷と荷の間に寝たりけり

正岡子規《まさおかしき》　①1867～1902②愛媛県松山市③句集「寒山落木」④35歳

世の中の重荷おろして昼寝かな

梅雨晴れやところどころに蟻の道

苗代《なえしろ》のへりをつたふて目高《めだか》哉

寝ころんで酔のさめたる卯月哉

熱き夜の寝られぬよその咄《はなし》かな

夜も更けぬ妻も寝入りぬ門涼し

窓あけて寝ざめ涼しや檐《のき》の雲

五月雨《さみだれ》やともし火もる藪《やぶ》の家

蚊の声にらんぷの暗き宿屋哉

涼しさや行燈《あんどん》消えて水の音

夏山を廊下づたひの温泉《いでゆ》哉

涼しさや松這ひ上る雨の蟹《かに》

湖に足ぶらさげる涼みかな

薫風や裸の上に松の影

萍《うきくさ》の中に動くや亀の首

電信の棒隠れたる夏野かな

夏草の上に砂利《じやり》しく野道哉

野の道や童《わらべ》蛇打つ麦の秋

一筋の夕日に蟬の飛んで行

障子あけて病間《やまい》あり薔薇《ばら》を見る

椅子を移す若葉の陰に空を見る

薔薇を剪《き》る鋏刀《はさみ》の音や五月晴

夏木立故郷《ふるさと》近くなりにけり

一本に蟬の集まる野中哉

山門に雲を吹きこむ若葉かな

八万の毛穴に滝の風涼し

うれしさや小草影もつ五月晴

人寝ねて螢とぶなり蚊帳の中

夕暮の小雨に似たり水すまし

清水《きよみず》の坂のぼり行《ゆ》く日傘かな

心よき青葉の風や旅姿

暁や白帆過ぎゆく蚊帳の外

かたまりて黄なる花咲く夏野かな

子は寝入り螢は草に放ちけり

一輪の牡丹かゞやく病間かな

涼しさを裸にしたり坐禅堂

物干のうしろにわくや雲の峰

夏《なつ》目《め》漱《そう》石《せき》

①1867〜1916②東京都新宿区③「漱石俳句集」④49歳

眼を病んで灯をともさぬや五月雨《さつきあめ》

灯《ひ》を消せば涼しき星や窓に入る

幸《こう》田《だ》露《ろ》伴《はん》

①1867〜1947②江戸③「蝸牛庵句集」④80歳

川風や燈火消えて蚊帳の月

小《お》川《がわ》芋《う》銭《せん》　①1868〜1938②江戸③「草汁漫画」④70歳

五月雨《さみだれ》や月夜に似たる沼明り

松《まつ》瀬《せ》青《せい》々《せい》　①1869〜1937②大阪③句集「妻木」④67歳

夕立は貧しき町を洗ひ走る

水あるを知らぬが如し水馬《みずすまし》

青空の中に風吹く薄暑かな

徳《とく》田《だ》秋《しゅう》声《せい》　①1871〜1943②石川県金沢市③「黴《かび》」④71歳

生きのびてまた夏草の目にしみる

石《いし》井《い》露《ろ》月《げつ》　①1873〜1928②秋田県③「露月句集」④55歳

闇涼し草の根を行く水の音

村の子の草くぐりゆく清水かな

河《かわ》東《ひがし》碧《へき》梧《ご》桐《とう》　①1873〜1937②愛媛県松山市③「碧梧桐句集」④63歳

撫《なで》子《しこ》や海の夜明の草の原

空《くう》をはさむ蟹死にをるや雲の峰

高《たか》浜《はま》虚《きょ》子《し》　①1874〜1959②愛媛県松山市③句集「五百句」④86歳

ぢぢと鳴く蟬草にある夕立かな

螢追ふ子ありて人家近きかな

寝し家を喜びとべる螢かな

蛇逃げて我を見し眼の草に残る

門前に螢追ふ子や旅の宿

濃き日影ひいて遊べる蜥蜴かな

落書の顔の大きく梅雨の塀

螢追ふ子供に逢へり里近し

雲そこを飛ぶ夏山の茶店かな

泳ぎ子の潮たれながら物捜す

水打てば夏蝶そこに生れけり

粗末なる団扇の風を愛しけり

湯を出で丶満山の涼我に在り

二階より塀の上行く日傘見る

短夜や灯を消しに来る宿の者

松根《まつね》東洋城《とうようじょう》　①1878〜1964②東京③「俳諧道」④86歳

絶壁に眉つけてのむ清水かな

臼《う》田《だ》亜《あ》浪《ろう》①1879〜1951②長野県小諸市③「亜浪句集」④72歳

青田貫く一本の道月照らす

永《なが》井《い》荷《か》風《ふう》①1879〜1959②東京③「荷風句集」④79歳

秋近き夜ふけの風や屋根の草

種《たね》田《だ》山《さん》頭《とう》火《か》①1882〜1940②山口県防府市③句集「鉢の子」④57歳

夕立が洗つていつた茄子《なす》をもぐ

ほうたるこいこいふるさとにきた

蜘《く》蛛《も》は網張る私は私を肯定する

原《はら》　石《せき》　鼎《てい》　①1886〜1951②島根県出雲市③「石鼎句集」④65歳

麦笛を吹く子に雲の美しき

高《たか》村《むら》光《こう》太《た》郎《ろう》　①1883〜1956②東京③詩集「道程」④73歳

のみさしの茶の冷たさよ五月雨《さつきあめ》

荻《おぎ》原《わら》井《せい》泉《せん》水《すい》　①1884〜1976②東京都港区③句集「湧出《わきいず》るもの」④91歳

手《て》拭《ぬぐい》さげて湯へは橋をわたつてゆくほととぎす

小さい蚊の青い夏がきている

旅にて淋し氷水のがらすの匙《さじ》音

かごからほたる一つ一つ星にする

遠泳の皆着く島や蟬時雨《しぐれ》

月光ほろほろ風鈴に戯《たわむ》れ

お墓の道は何と暗くてほうたる

尾《お》崎《ざき》放《ほう》哉《さい》

①1885〜1926②鳥取県鳥取市③「放哉俳句集」④41歳

友の夏帽が新らしい海に行かうか

蜥蜴《とかげ》の切れた尾がはねてゐる太陽

飯《いい》田《だ》蛇《だ》笏《こつ》

①1885〜1962②山梨県東八代郡③句集「霊芝《れいし》」④77歳

赤貧洗ふがごとく金魚飼ひにけり

生き疲れただ寝る犬や夏の月

富《とみ》安《やす》風《ふう》生《せい》　①1885〜1979②愛知県一宮町③句集「草の花」④93歳

夕焼は膳のものをも染めにけり

一生の楽しきころのソーダ水

長谷川《はせがわ》零余子《れいよし》　①1886〜1928②群馬県③句集「雑草」④41歳

螢這へる葉裏に水の迅さかな

野《の》村《むら》喜《き》舟《しゅう》　①1886〜1983②石川県金沢市③句集「小石川」④96歳

夏の蝶抜け行く二階座敷かな

長谷川《はせがわ》かな女《じょ》　①1887〜1969②東京都中央区③句集「龍胆《りんどう》」④81歳

夏果つる峠や茶碗伏せし棚

室生《むろう》犀星《さいせい》　①1889〜1962②石川県金沢市③「犀星発句集」④72歳

とんぼうの腹の黄光り大暑かな

久保田《くぼた》万太郎《まんたろう》　①1889〜1963②東京都台東区③句集「道芝」④73歳

親一人子一人螢光りけり

日の落ちしあとのあかるき青田かな

杉《すぎ》田《た》久《ひさ》女《じょ》　①1890〜1946②鹿児島市③「杉田久女句集」④55歳

蚊帳の中団扇《うちわ》しきりに動きけり

芥《あくた》川《がわ》龍《りゅう》之《の》介《すけ》　①1892〜1927②東京③「澄江堂句集」④35歳

向日葵《ひまわり》も油ぎりけり午後一時

山《やま》口《ぐち》青《せい》邨《そん》　①1892〜1988②岩手県盛岡市③句集「雑草園」④96歳

蚕豆の寒天の稜《かど》の涼しさよ

高《たか》野《の》素《す》十《じゅう》 ①1893〜1976 ②茨城県藤代町 ③句集「初鴉」 ④83歳

蟻地獄松風を聞くばかりなり

水打つて暮れゐる街に帰省かな

翅《はね》わつてはてんたう虫の飛びいづる

後《ご》藤《とう》夜《や》半《はん》 ①1895〜1976 ②大阪市 ③句集「青き獅子」 ④81歳

噴水の穂をはなれゆく水の玉

瀧《たき》の上に水現れて落ちにけり

川《かわ》端《ばた》茅《ぼう》舎《しゃ》 ①1897〜1941 ②東京都中央区 ③「川端茅舎句集」 ④43歳

青蛙ぱつちり金の瞼《まぶた》かな

西《さい》東《とう》三《さん》鬼《き》　①1900〜1962②岡山県津山③句集「旗」④61歳

おそるべき君等の乳房の夏来る

鉄板に息やはらかき青蛙

蟹死にて仰向く海の底の墓

三《み》好《よし》達《たつ》治《じ》　①1900〜1964②大阪市③句集「柿の花」④63歳

蚊帳をつる川のむかひのすまひかな

水に入るごとくに蚊帳をくぐりけり

夏の風二日の旅の海の音

中《なか》村《むら》汀《てい》女《じょ》　①1900〜1988②熊本市③「汀女句集」④88歳

走り出て闇やはらかや蛍狩

光洩るその手の蛍貰《もら》ひけり

噴水の玉とびちがふ五月かな

水打ちてよごせし足の美しく

日《ひ》野《の》草《そう》城《じょう》　①1901〜1956②東京都台東区③「草城句集花氷」④54歳

砂山に泳がぬ妹《いも》の日傘見ゆ

七月や既《すで》にたのしき草の丈《たけ》

夏蒲団ふわりとかかる骨の上

をさなごのひとさしゆびにかかる虹

うすまりし醬《しょう》油《ゆ》すゞしく冷奴

夕明り水輪のみゆる泉かな

雷に怯えて長き睫《まつげ》かな

中《なか》村《むら》草《くさ》田《た》男《お》　①1901〜1983②中国福建省③句集「来し方行方」④82歳

玫瑰《はまなす》や今も沖には未来あり

万緑の中や吾子の歯生え初むる

乳母車から指す夏の親子星

蚊帳へくる故郷の町の薄あかり

のぼりゆく草ほそりゆくてんと虫

田を植ゑるしづかな音へ出でにけり

少年の夏シャツ右肩裂けにけり

星《ほし》野《の》立《たつ》子《こ》　①1903〜1984②東京③「立子句集」④80歳

土の色まつたく白し炎天下

庭に出て線香花火や雨あがり

夏の雨明るくなりて降り続く
美しき緑走れり夏料理
大蟻の雨をはじきて黒びかり
飲み干せしビールの泡《あわ》の口笑ふ

大野《おおの》林火《りんか》
①1904〜1982②神奈川県横浜市③句集「海門」④78歳

友夏帽わが燈の及ぶ道に来《き》つ

平畑《ひらはた》静塔《せいとう》
①1905〜1997②和歌山県③句集「旅鶴」④93歳

一本の道を微笑の金魚売

加《か》藤《とう》楸《しゅう》邨《そん》　①1905〜1993②山梨県③句集「雪後の天」④88歳

二階まで蟻のぼりきて午後ふかし

みちのくの月夜の鰻《うなぎ》あそびをり

松《まつ》本《もと》たかし　①1906〜1956②東京都千代田区③「松本たかし句集」④50歳

桑畑を山風通ふ昼寝かな

影抱《かか》へ蜘《く》蛛《も》とどまれり夜《よ》の畳

長《は》谷《せ》川《がわ》素《そ》逝《せい》　①1907〜1946②大阪市③句集「砲車」④39歳

谷は夕焼子は湯あがりの髪ぬれて

中川宗淵《なかがわそうえん》 ①1907〜1984②山口県③句集「詩龕《しがん》」④77歳

杖《つえ》とればうなづく夏野かぎりなし

石橋辰之助《いしばしたつのすけ》 ①1909〜1948②東京下谷③句集「山行」④39歳

帰り来て妻子の蚊帳をせまくする

篠原梵《しのはらぼん》 ①1910〜1975②愛媛県松山市③句集「皿」④65歳

小《ち》さくなる彼の応ふる夏帽子

葉桜の中の無数の空さわぐ

子のバケツ目高の下に鮒《ふな》しづか

夕立に小石ふえし道帰る

石《いし》田《だ》波《は》郷《きょう》 ①1913〜1969②愛媛県松山市③「石田波郷句集」④56歳

プラタナス夜もみどりなる夏はきぬ

木《き》下《した》夕《ゆう》爾《じ》 ①1914〜1965②広島県福山③句集「遠雷」④50歳

地球儀のあをきひかりの五月《ごがつ》来ぬ

少年に蟬の森かぎりなくあをし

詩の友の大方はなし遠花火

麦藁《わら》の今日の日のいろ日の匂《にほ》ひ

夏座敷すわれば草に消ゆる沼
緑蔭やこころにまとふ水の音
あさあけの雨ひかりとぶ苺畑《いちごばた》

桂《かつら》　信《のぶ》　子《こ》　①1914～2004②大阪市③句集「月光抄」④90歳

庭石に梅雨明けの雷ひびきけり

上《うえ》　野《の》　泰《やすし》　①1918～1973②神奈川県横浜市③句集「佐助」④54歳

打水の流るる先の生きてをり

森《もり》　澄《すみ》　雄《お》　①1919～2010②兵庫県③句集「雪櫟《ゆきくぬぎ》」④91歳

片隅に旅はひとりのかき氷

金《かね》子《こ》兜《とう》太《た》　①1919〜②埼玉県③句集「少年」

銀行員等朝より螢光す烏賊《いか》のごとく

飯《いい》田《だ》龍《りゅう》太《た》　①1920〜2007②山梨県東八代郡③句集「童眸」④86歳

浴衣《ゆかた》着て水のかなたにひとの家

夏川のみどりはしりて林檎の国

鷹《たか》羽《は》狩《しゅ》行《ぎょう》　①1930〜②山形県新庄③句集「誕生」

摩天楼《まてんろう》より新緑がパセリほど

秋の部

松《まつ》尾《お》芭《ば》蕉《しょう》　①1644～1694②伊賀国《いがのくに》上野③「おくのほそ道」④51歳

初秋や海も青田も一みどり

名月や池をめぐりて夜もすがら

枯枝に烏のとまりたるや秋の暮

此《こ》の道や行く人なしに秋の暮

馬に寝て残夢月遠し茶の煙

人声や此道かへる秋のくれ

夜ひそかに虫は月下《げっか》の栗を穿《うが》つ

芭蕉野《の》分《わき》して盥《たらい》に雨を聞く夜《よ》かな

病雁《びょうがん》の夜寒に落ちて旅寝かな

物いへば唇《くちびる》寒し秋の風

杉《すぎ》山《やま》　杉《さん》風《ぷう》　①1647～1732②江戸③「杉風句集」④86歳

月見るや庭四《し》五《ご》間《けん》の空の主

河《かわ》合《い》　曾《そ》良《ら》　①1649～1710②信濃国《しなののくに》上諏訪③「奥の細道随行日記」④62歳

よもすがら秋風聞くやうらの山

江《え》左《さ》　尚《しょう》白《はく》　①1650～1722②未詳③編著「孤松《ひとつまつ》」④73歳

をさな子やひとり飯《めし》くふ秋の暮

向《むか》井《い》去《きょ》来《らい》 ①1651～1704②長崎後興善町《うしろこうぜん》③「去来抄」④54歳

岩はなやここにもひとり月の客

広《ひろ》瀬《せ》惟《い》然《ぜん》 ①?～1711②美濃国《みののくに》関③編著「藤の実」④60余歳

更《ふ》け行くや水田《みずた》のうへの天の川

小《こ》西《にし》来《らい》山《ざん》 ①1654～1716②大阪③句文集「今宮草」④63歳

幾秋かなぐさめかねつ母ひとり

越《お》智《ち》越《えつ》人《じん》 ①1656～?②越後国《えちごのくに》③編著「猫の耳」④未詳

雨の月どこともなしの薄あかり

森《もり》川《かわ》許《きょ》六《りく》　①1656～1715②近江国彦根《おうみのくにひこね》③俳文選集「本朝文選《もんぜん》」④60歳

あさがほの裏を見せけり風の秋

立《たち》花《ばな》牧《ぼく》童《どう》　①未詳②加賀国《かがのくに》小松（北枝の兄）③編著「草刈笛」④未詳

月影や海の音聞く長廊下

榎《えの》本《もと》其《き》角《かく》　①1661～1707②江戸③句集「五元集」④46歳

岡《をか》釣《づ》りのうしろ姿や秋の暮

名月や畳の上に松の影

上《うえ》島《しま》鬼《おに》貫《つら》 ①1661〜1738 ②摂津国伊丹《せっつのくにいたみ》 ③編著「大悟物狂《たいごものぐるい》」 ④78歳

此の秋は膝に子のない月見かな

斯《し》波《ば》園《その》女《め》 ①1664〜1726 ②伊勢国《いせのくに》 ③句集「鶴の杖」 ④63歳

虫の音や夜更けてしづむ石の中

千《ち》代《よ》尼《に》 ①1703〜1775 ②加賀国松任《かがのくにまっとう》 ③「千代尼句集」 ④73歳

月の夜や石に出て鳴くきりぎりす

（注）きりぎりす…こおろぎ

行く水におのが影追ふ蜻蛉《とんぼ》かな

与《よ》謝《さ》蕪《ぶ》村《そん》　①1716〜1783②摂津国東成郡《せっつのくにひがしなり》③「蕪村句集」④68歳

月天心《てんしん》貧しき町を通りけり

茨野《いばらの》や夜はうつくしき虫の声

山は暮れて野は黄昏《たそがれ》の薄《すすき》哉

温《ゆ》泉の底に我が足見ゆるけさの秋

蜻蛉《とんぼう》や村なつかしき壁の色

おのが葉に月おぼろなり竹の春

落穂《おちぼ》拾ひ日あたる方へあゆみ行く

かなしさや釣の糸吹く秋の風

小鳥来る音うれしさよ板庇《いたびさし》
広道へ出て日の高き花野かな
野路の秋我が後ろより人や来る
白露《しらつゆ》や茨《いばら》の刺《はり》にひとつづゝ
父母《ちちはは》のことのみおもふ秋のくれ
朝がほや一輪深き淵《ふち》のいろ
秋雨や水底《みなぞこ》の草を踏み渡る
住むかたの秋の夜遠き灯影《ほかげ》哉

（注）住むかた…人の住む方

大《おお》島《しま》蓼《りょう》太《た》
①1718〜1787②信濃国《しなののくに》伊那大島村③「蓼太句集」④70歳

わが影の壁にしむ夜やきりぎりす

三宅《みやけ》　嘯山《しょうざん》　①1718～1801②京都③編著「俳人古選」④84歳

初秋《はつあき》や蚊帳に透《す》き来《く》る銀河《あまのがわ》

黒柳《くろやなぎ》　召波《しょうは》　①1727～1771②京都③「春泥句集」④45歳

怪談の後更《うしろふけ》行く夜寒哉

三浦《みうら》　樗良《ちょら》　①1729～1780②志摩国鳥羽《しまのくにとば》③「樗良発句集」④52歳

虫ほろ〱草にこぼるゝ音色かな

（注）ほろ〱…秋の虫の鳴き声

加《か》藤《とう》暁《きょう》台《たい》 ①1732〜1792 ②尾張国《おわりのくに》名古屋 ③編著「蛙啼集《あていしゅう》」 ④61歳

椎《しい》の実の板屋を走る夜寒哉

加《か》舎《や》白《しら》雄《お》 ①1738〜1791 ②江戸深川 ③「白雄句集」 ④53歳

行秋《ゆくあき》の草にかくるる流れかな

秋の夜を小鍋《こなべ》の鰍《どじょう》音すなり

松《まつ》岡《おか》青《せい》蘿《ら》 ①1740〜1791 ②播磨国《はりまのくに》姫路 ③「青蘿発句集」 ④52歳

戸口より人影さしぬ秋の暮

高《たか》井《い》几《き》董《とう》 ①1741〜1789 ②京都 ③編著「其雪影《そのゆきかげ》」 ④49歳

悲しさに魚《うお》食ふ秋の夕《ゆうべ》かな

井《い》上《うえ》士《し》朗《ろう》　①1742〜1812②尾張国守山《おわりのくにもりやま》③編著「枇杷園七部集」④71歳

名月に露のながれる瓦《かわら》かな

夏《なつ》目《め》成《せい》美《び》　①1749〜1816②未詳③句集「成美家集」④67歳

初秋や小雨ふりこむ膳の上

酒《さか》井《い》抱《ほう》一《いつ》　①1761〜1828②江戸神田③「江戸続八百韻」④67歳

星一つ残して落つる花火かな

小《こ》林《ばやし》 一《いっ》茶《さ》

①1763〜1827 ②信濃国《しなののくに》水内郡 ③「一茶発句集」 ④64歳

暮《く》る日をさう嬉しいか虫の声

名月を釘《くぎ》の穴から見る子かな

青空に指で字をかく秋の暮

秋の夜や旅の男の針仕事

淋しさに飯を食ふなり秋の風

草の実も人にとびつく夜道かな

遠山が目玉にうつるとんぼかな

秋の天小鳥一《ひとつ》のひろがりぬ

山霧《やまぎり》のさつさと抜ける座敷かな

仰《あふ》のけに落《おち》て鳴《なき》けり秋のせみ

小便も玉と成りけり芋畠《いもばたけ》

夕日影町一ぱいのとんぼかな

秋の夜やせうじの穴が笛を吹《ふく》

村《むら》上《かみ》鬼《き》城《じょう》　①1865〜1938②江戸③「鬼城句集」④73歳

月さしてひと間の家でありにけり

長き夜の物書く音に更けにける

正《まさ》岡《おか》子《し》規《き》　①1867〜1902②愛媛県松山市③句集「寒山落木」④35歳

山門をぎいと鎖《とざ》すや秋の暮

行く我にとどまる汝《なれ》に秋二つ

母と二人いもうとを待つ夜《よ》寒《ざむ》かな

山の温《ゆ》泉や裸の上の天の川

白露に家四五軒の小村哉

鯉はねて月のさゞ波つくりけり

一日の秋にぎやかな祭りかな

瀛船過ぎて波よる秋の小島かな

人かへる花火のあとの暗さ哉

けさの露ゆうべの雨や屋根の草

月暗し一筋白き海の上

戸口迄送つて出れば星月夜

朝鳥の来ればうれしき日和《ひより》哉

啼《な》きながら蟻にひかるゝ秋の蟬

人もなし駄菓子《だがし》の上の秋の蠅《はえ》

柿くへば鐘が鳴るなり法隆寺

こほろぎや物音絶えし台所

草花を画《えが》く日課や秋に入る

砂の如き雲流れ行く朝の秋

我宿の名月芋《いも》の露にあり

稲妻に人見かけたる野道哉

叢《くさむら》に鬼灯《ほおずき》青き空家かな

白露《しらつゆ》や芋の畠《はたけ》の天の川

送られて一人行くなり秋の風

赤蜻蛉筑波に雲もなかりけり

窓の灯の草にうつるや虫の声

いつ見ても蜻蛉一つ竹の先
人は寝て籠の松虫啼きいでぬ
赤蜻蛉地蔵の顔の夕日哉
灯をともす向ひの山や秋の暮

夏《なつ》目《め》漱《そう》石《せき》

①1867～1916②東京都新宿区③「漱石俳句集」④49歳

肩に来て人懐《なつ》かしや赤蜻蛉
柿の葉や一つ一つに月の影
朝顔や咲《さい》たばかりの命哉
生きて仰ぐ空の高さよ赤蜻蛉

病妻の閨《ねや》に灯ともし暮るる秋

松《まつ》瀬《せ》青《せい》々《せい》 ①1869〜1937②大阪③句集「妻木」④67歳

秋のくれ人盡《ことごと》く家に入る

爽《さわ》やかに夜雨の残りし草の上

巖《いわ》谷《や》小《さざ》波《なみ》 ①1870〜1933②江戸③句集「さゝら波」④63歳

小《こ》鼠《ねずみ》の私語す夜寒の梯《はしご》子段《だん》

徳《とく》田《だ》秋《しゅう》声《せい》 ①1871〜1943②石川県金沢市③「黴《かび》」④71歳

水をのむ猫の小舌や秋あつし

篠原《しのはら》温亭《おんてい》
①1872〜1926②熊本県③「温亭句集」④54歳

顔見えぬまで話し居り秋の暮

河東《かわひがし》碧梧桐《へきごとう》
①1873〜1937②愛媛県松山市③「碧梧桐句集」④63歳

温泉《ゆ》烟《けむり》に灯ほのかや虫の声

鳳仙花《ほうせんか》は小さき娘が植ゑにけり

高浜《たかはま》虚子《きょし》
①1874〜1959②愛媛県松山市③句集「五百句」④86歳

松虫にこひしき人の書斎かな

相慕ふ村の灯二つ虫の声

野を焼いて帰れば燈下母やさし

佇めば落葉ささやく日向かな

名月に蜘の巣ふるき軒端かな

ものいはぬ二階の客や秋の暮

灯ともれる障子ぬらすや秋の雨

かさ〳〵と落葉の中の小鳥かな

踏みあるく落葉の音の違ひけり

もの置けばそこに生れぬ秋の陰

天高し雲行く方に我も行く
敵といふものの今は無し秋の月
山里の盆の月夜の明るさよ
夜半過ぎて障子の月の明るさよ
膝立てて月を友とすひとりかな
彼一語我一語秋深みかも
ほどけゆく一塊の雲秋の空

寺《てら》田《だ》寅《とら》彦《ひこ》
①1878〜1935②東京③「冬彦集」（随筆）④57歳

ぬかるみのほのかに白し星月夜《づくよ》

松《まつ》根《ね》東《とう》洋《よう》城《じょう》　①1878〜1964②東京③「俳諧道」④86歳

妻持たぬ我と定めぬ秋の暮

岡《おか》本《もと》松《しょう》浜《ひん》　①1879〜1939②大阪③「松浜句抄白菊」④59歳

一人湯に行けば一人や秋の暮

青《あお》木《き》月《げつ》斗《と》　①1879〜1949②大阪市東区③「月斗翁句抄」④71歳

虫の中に寝てしまひたる小村かな

臼《うす》田《だ》亜《あ》浪《ろう》　①1879〜1951②長野県小諸市③「亜浪句集」④72歳

草原や夜々に濃くなる天の川

家かげをゆく人ほそき夜の秋

永《なが》井《い》荷《か》風《ふう》　①1879〜1959②東京③「荷風句集」④79歳

雨やんで庭しづかなり秋の蝶

秋雨や夕餉の箸の手くらがり

残る蚊をかぞへる壁や雨のしみ

大《おお》須《す》賀《が》乙《おつ》字《じ》　①1881〜1920②福島県相馬③「乙字句集」④38歳

西ゆ北へ雲の長さや夕蜻蛉

（注）「ゆ」…～から

種田《たねだ》 山頭火《さんとうか》 ①1882～1940②山口県防府市③句集「鉢の子」④57歳

笠にとんぼをとまらせてあるく

渡辺《わたなべ》 水巴《すいは》 ①1882～1946②東京都台東区③「水巴句集」④64歳

どの道も秋の夜白し草の中

北斗ありし空や朝顔水色に

うしろから秋風来たり草の中

前《ま》田《え》　普《だ》　羅《ふ》　①1884〜1954②東京③「普羅句集」④70歳

秋風の吹きくる方に帰るなり

大空の雲はちぎれて秋祭

鍋《なべ》つけて野川暮れ行く秋祭

しみじみと日を吸ふ柿の静かな

東塔の見ゆるかぎりの秋野行く

荻《おぎ》原《わら》　井泉水《せいせんすい》　①1884〜1976②東京都港区③句集「湧出《わきいず》るもの」④91歳

何とさびしい村の唐黍《とうきび》の赤い毛

ほんとうに一人となり月に見惚《ほ》れる

どちら見ても山頭火が歩いた山の秋の雲

空をあゆむ朗朗と月ひとり

遠くたしかに台風のきている竹藪の竹の葉

我が家までの月のみち一すぢ

尾《お》崎《ざき》放《ほう》哉《さい》 ①1885〜1926②鳥取県鳥取市③「放哉俳句集」④41歳

こんなよい月を一人で見て寝る

蜻蛉が淋しい机にとまりに来てくれた

飯《いい》田《だ》蛇《だ》笏《こつ》 ①1885〜1962②山梨県東八代郡③句集「霊芝《れいし》」④77歳

くろがねの秋の風鈴鳴りにけり
芋の露連山影を正しうす
ひぐらしのこゑのつまずく午後三時
爽やかに日のさしそむる山路かな
もつ花におつる涙や墓まゐり

富《とみ》安《やす》風《ふう》生《せい》　①1885〜1979②愛知県一宮町③句集「草の花」④93歳

虫の声月よりこぼれ木に満ちぬ
よろこべばしきりに落つる木《こ》の実かな

さり気なく聞いて身にしむ話かな
露草の露千万の瞳かな
身にしみて人には告げぬ恩一つ
間をおいて無月の浪の白きのみ

高《たか》田《た》蝶《ちょう》衣《い》　①1886〜1930②兵庫県淡路島③「蝶衣句集島舟」④44歳

寝し家の前ゆく水の月夜かな

阿《あ》部《べ》みどり女《じょ》　①1886〜1980②北海道札幌③句集「笹鳴」④93歳

松虫や子等静まれば夜となる

室《むろ》生《う》犀《さい》星《せい》　①1889～1962②石川県金沢市③「犀星発句集」④72歳

道絶えて人呼ぶ聲《こえ》や秋《あき》夕《ゆうべ》

久《く》保《ぼ》田《た》万《まん》太《た》郎《ろう》　①1889～1963②東京都台東区③句集「道芝」④73歳

このみちのこのしづけさにいでし月

あきかぜのふきぬけゆくや人の中

秋風や水に落ちたる空のいろ

月みゆるところに立てる一人かな

駆けだして来て子のころぶ秋の暮

佇《たたず》めば身にしむ水のひかりかな

障子張つて月のなき夜のしづかなり

芥《あく》川《たがわ》　龍《りゅう》之《の》介《すけ》　①1892〜1927②東京③「澄江堂句集」④35歳

初《はつ》秋《あき》の蝗《いなご》つかめば柔《やはら》かき

秋の日や畳干したる町のうら

咳ひとつ赤子のしたる夜寒かな

山《やま》口《ぐち》　青《せい》邨《そん》　①1892〜1988②岩手県盛岡市③句集「雑草園」④96歳

人それぞれ書を読んでゐる良夜かな

高《たか》野《の》素《す》十《じゅう》

①1893〜1976②茨城県藤代町③句集「初鴉」④83歳

まつすぐの道に出でけり秋の暮

白浪やうちひろがりて月明り

朝顔の双葉のどこか濡れゐたる

秋晴の第一日は家に在り

月に寝て夜半きく雨や紅葉《もみじ》宿

秋晴の旅の二人の影法師

雨だれの棒の如しや秋の雨

虫聞くや庭木にとどく影法師

川《かわ》端《ばた》茅《ぼう》舎《しゃ》　①1897〜1941②東京都中央区③「川端茅舎句集」④43歳

葛飾の月の田圃《たんぼ》を終列車

二三点灯りし森へ月の道

露の空薔《ば》薇《ら》色の朝来たりけり

横《よこ》光《みつ》利《り》一《いち》　①1898〜1947②福島県③「紋章」（小説）④49歳

蟻台上に餓《う》えて月高し

橋《はし》本《もと》多《た》佳《か》子《こ》　①1899〜1963②東京③句集「信濃」④64歳

星空へ店より林《り》檎《んご》あふれをり

草の中ひたすすみゆく秋の風

いなづまの野より帰りし猫を抱く

篠《しの》田《だ》悌《てい》二《じ》郎《ろう》　①1899〜1986②東京③句集「青霧」④86歳

はたはたのをりをり飛べる野のひかり

（注）はたはた…「ばった」のこと

静かなる月夜も落葉屋根をうつ

阿《あ》波《わ》野《の》青《せい》畝《ほ》　①1899〜1992②奈良県高取町③句集「万両」④93歳

星のとぶもの音もなし芋の上

中《なか》村《むら》汀《てい》女《じょ》　①1900〜1988②熊本市③「汀女句集」④88歳

ひたすらに人等家路に秋の暮

とどまればあたりにふゆる蜻蛉かな

日《ひ》野《の》草《そう》城《じょう》　①1901〜1956②東京都台東区③「草城句集花氷」④54歳

一歩出てわが影を得し秋日和《びより》

小包を解くやころころころころと柿

秋《あき》元《もと》不《ふ》死《じ》男《お》　①1901〜1977②神奈川県横浜市③句集「木靴」④75歳

独房に林檎と寝たる誕生日

中村《なかむら》　草田男《くさたお》　①1901〜1983②中国福建省③句集「来し方行方」④82歳

秋雨や線路の多き駅につく

鴨《かも》渡る鍵も小さき旅カバン

富沢《とみざわ》　赤黄男《あきお》　①1902〜1962②愛媛県保内町③句集「蛇の笛」④59歳

葡萄一粒一粒の弾力と雲

皆吉《みなよし》　爽雨《そうう》　①1902〜1983②福井県③句集「雪解」④81歳

女湯もひとりの音の山の秋

星野《ほしの》　立子《たつこ》　①1903〜1984②東京③「立子句集」④80歳

秋晴の茅舎を訪《と》へばよろこべり
足音のわれにつきくる良夜かな
先に行く人すぐ小さき野路の秋
夕月夜人は家路に吾は旅に
水澄むやとんぼうの影ゆくばかり

大《おお》野《の》林《りん》火《か》
①1904～1982②神奈川県横浜市③句集「海門」④78歳

十五夜の電柱ほそく田の中に
秋の日の白壁に沿ひ影をゆく

白桃を洗ふ誕生の子のごとく

菊にさす夕日は卓を溢《あふ》れけり

加《か》藤《とう》楸《しゅう》邨《そん》　①1905〜1993②山梨県③句集「雪後の天」④88歳

静かなる午前を了へぬ桐一葉《きりひとは》

靴の中に幾万の足秋の暮

松《まつ》本《もと》たかし　①1906〜1956②東京都千代田区③「松本たかし句集」④50歳

雨音《あまおと》のかむさりにけり虫の宿

我庭の良夜の薄《すすき》涌《わ》く如し

花野来て白き温泉《いでゆ》に浸りけり

柴《しば》田《た》白葉女《はくようじょ》　①1906～1984②兵庫県神戸市③句集「遠い橋」④77歳

秋の蝶さみしき色に崖のぼる

石《いし》塚《づか》友《とも》二《じ》　①1906～1986②新潟県③句集「方寸虚実」④79歳

百方に借《かり》あるごとし秋の暮

中《なか》川《がわ》宗《そう》淵《えん》　①1907～1984②山口県③句集「詩《し》龕《がん》」④77歳

爽やかに眼《まなこ》の光る別れ哉

安住《あずみ》敦《あつし》　①1907〜1988②東京都港区③句集「まづしき饗宴」④81歳

霧に擦りしマッチを白き手が囲む

木下《きのした》夕爾《ゆうじ》　①1914〜1965②広島県福山③句集「遠雷」④50歳

翅《はね》青き虫きてまとふ夜学かな

稲妻や夜も語りゐる葦と沼

音のして海は見えずよ草の花

秋草にまろべば空も海に似る

こほろぎやいつもの午後のいつもの椅子

地球儀のうしろの夜の秋の闇

秋草を出て秋草に消ゆる径《みち》

それぞれに歩幅さだまり月の道

秋の燈のいつものひとつともりたる

飯《いい》田《だ》龍《りゅう》太《た》　①1920〜2007②山梨県東八代郡③句集「童眸」④86歳

さびしさは秋の彼岸のみづすまし

抱き起こす子のあたたかな宵の秋

冬の部

井《い》原《はら》西《さい》鶴《かく》　①1642〜1693②未詳③「西鶴五百韻」④52歳

大晦日定めなき世の定めかな

山《やま》口《ぐち》素《そ》堂《どう》　①1642〜1716②甲斐国《かいのくに》北巨摩《こま》郡③「とくとくの句合」④75歳

人待つや木葉《このは》かた寄る風の道

松《まつ》尾《お》芭《ば》蕉《しょう》　①1644〜1694②伊賀国《いがのくに》上野③「おくのほそ道」④51歳

木枯やたけにかくれてしづまりぬ

葱《ねぎ》白く洗ひたてたる寒さかな

旅に病《やん》で夢は枯野をかけ廻《めぐ》る

冬がれや世は一色に風のおと

草枕犬も時雨《しぐ》るか夜の声

初雪や水仙のはのたはむまで

野《の》沢《ざわ》　凡《ぼん》兆《ちょう》　①?～1714②加賀国《かがのくに》金沢③共著「猿蓑」④70余歳

ながながと川一筋や雪の原

川《かわ》井《い》　智《ち》月《げつ》　①?～1708頃②未詳③「雀を放つ詞」④未詳

水仙の花の高さの日影かな

杉《すぎ》山《やま》　杉《さん》風《ぷう》　①1647～1732②江戸③「杉風句集」④86歳

襟巻《えりまき》に首引入れて冬の月

池《いけ》西《にし》言《ごん》水《すい》　①1650〜1722②大和国《やまとのくに》奈良③「江戸新道」④73歳

火燵《こたつ》出て古郷《ふるさと》こひし星月夜

向《むか》井《い》去《きょ》来《らい》　①1651〜1704②長崎後興善《うしろこうぜん》町③「去来抄」④54歳

真夜中や炬燵際《きわ》まで月の影

越《お》智《ち》越《えつ》人《じん》　①1656〜?②越後国《えちごのくに》③編著「猫の耳」④未詳

行燈の煤《すす》けぞ寒き雪の暮

内《ない》藤《とう》丈《じょう》草《そう》 ①1662〜1704 ②尾張国《おわりのくに》犬山 ③随筆「寝ころび草」 ④43歳

淋しさの底ぬけて降るみぞれかな
ほこほこと朝日さしこむ火燵かな
水底の岩に落ちつく木の葉かな
ゆりすわる小春の海や墓の前

榎《えの》本《もと》其《き》角《かく》 ①1661〜1707 ②江戸 ③句集「五元集」 ④46歳

我雪とおもへばかろし笠の上

上《うえ》島《しま》鬼《おに》貫《つら》 ①1661〜1738 ②摂津国伊丹《せっつのくにいたみ》 ③編著「大悟物狂《たいごものぐるい》」 ④78歳

ひうひうと風は空ゆく冬ぼたん

昔おもふしぐれ降る夜の鍋の音

各《か》務《がみ》　支《し》考《こう》　①1665～1731②美濃国《みののくに》山県郡③句集「蓮二吟《れんじぎん》集」④67歳

呵《しか》られて次の間《ま》へ出る寒さ哉

横《よこ》井《い》　也《や》有《ゆう》　①1702～1783②未詳③俳文集「鶉衣《うずらごろも》」④82歳

虻《あぶ》の影障子にとまる小春かな

炭《たん》　太《たい》祇《ぎ》　①1709～1771②江戸③「太祇句集」④63歳

美しき日和《ひより》になりぬ雪の上

寒月や我ひとり行く橋の音

有《あり》井《い》諸《しょ》九《きゅう》　①1714〜1781②筑後国《ちくごのくに》唐島村③編著「その行脚《あんぎゃ》」④68歳

音のした戸に人もなし夕時雨

与《よ》謝《さ》蕪《ぶ》村《そん》　①1716〜1783②摂津国東成郡《せっつのくにひがしなり》③「蕪村句集」④68歳

腰ぬけの妻うつくしき巨燵かな

我骨のふとんにさはる霜夜かな

寒菊や日の照る村の片ほとり

葱《ねぎ》買《こ》うて枯木の中を帰りけり

屋根ひくき宿うれしさよ冬ごもり
時雨音なくて苔《こけ》にむかしをしのぶ哉
愚《ぐ》に耐へよと窓を暗《くら》うす雪の竹
木枯や鐘に小石を吹きあてる
こがらしや何に世わたる家五軒
雪つみて音なくなりぬ松の風
宿かさぬ燈《ほ》影《かげ》や雪の家つづき

大《おお》島《しま》蓼《りょう》太《た》
①1718～1787②信濃国《しなののくに》伊那大島村③「蓼太句集」④70歳

ともしびを見れば風あり夜の雪

寒菊や水屋の水の薄氷

建《たけ》部《べ》綾《あや》足《たり》
①1719〜1774②未詳③編著「涼袋独吟集」④56歳

村々は茶色に霞《かす》む小春かな

高《たか》桑《くわ》闌《らん》更《こう》
①1726〜1798②加賀国《かがのくに》金沢③編著「花の故事」④73歳

霜満ちて竹静かなる夜なりけり

黒《くろ》柳《やなぎ》召《しょう》波《は》
①1727〜1771②京都③「春泥句集」④45歳

家遠し枯木《かれき》のもとの夕けぶり

冬がれの里を見おろす峠かな

小灯《ことぼし》に葱洗ふ川や夜半の月

はつ冬や空へ吹かかる蜘蛛《くも》のいと

吉《よし》分《わけ》大《たい》魯《ろ》　①1730?〜1778②未詳③「芦陰句選《ろいんくせん》」④49歳?

初時雨真昼の道をぬらしけり

加《か》藤《とう》暁《きょう》台《たい》　①1732〜1792②尾張国《おわりのくに》名古屋③編著「蛙啼集《あていしゅう》」④61歳

海の音一日遠き小春かな

月寒く出づる夜竹の光かな

落葉落ちかさなりて雨雨をうつ

加《か》舎《や》白《しら》雄《お》　①1738〜1791　②江戸深川　③「白雄句集」　④53歳

埋火《うずみび》や鼾《いびき》の中のほのあかり

松《まつ》岡《おか》青《せい》蘿《ら》　①1740〜1791　②播磨国《はりまのくに》姫路　③「青蘿発句集」　④52歳

三日月に行先暮るる枯野かな

高《たか》井《い》几《き》董《とう》　①1741〜1789　②京都　③編著「其雪影《そのゆきかげ》」　④49歳

ただずめば猶《なほ》ふるゆきの夜路《よみち》かな

冬木だち月骨髄《こつずい》に入《い》る夜哉

夏《なつ》目《め》成《せい》美《び》
①1749〜1816②未詳③句集「成美家集」④67歳

落葉して月夜になりぬ里の家

田《た》上《がみ》菊《きく》舎《しゃ》
①1753〜1826②長門国《ながとのくに》豊浦郡③編著「手折菊《たおりぎく》」④74歳

天目に小春の雲の動きかな

（注）天目…茶の湯に用いる抹茶茶碗の一種

岩《いわ》間《ま》乙《おつ》二《に》
①1755〜1823②未詳③「松窓《しょうそう》乙二発句集」④69歳

冬草やはしごかけ置く岡の家

藤《ふじ》森《もり》素《そ》檗《ばく》　①1758〜1821②未詳③編著「素檗句集」④64歳

降るをさへわするる雪のしづかさよ

成《なり》田《た》蒼《そう》虬《きゅう》　①1761〜1842②加賀国《かがのくに》金沢③編著「蒼翁俳諧集」④82歳

水仙や背戸は月夜の水たまり

小《こ》林《ばやし》一《いっ》茶《さ》　①1763〜1827②信濃国《しなののくに》水内郡③「一茶発句集」④64歳

今しばしばしとかぶるふとん哉

雪とけてくりくりしたる月夜かな

寒空《さむぞら》のどこでとしよる旅乞食《こじき》

ともかくもあなた任せの年の暮

虹の輪の中に馬ひく枯野かな

羽生へて銭がとぶ也年の暮

うつくしや年暮れきりし夜の空

雪車《そり》負うて坂を上るや小さい子

大寒の大々とした月よかな

初雪や古郷見ゆる壁の穴

大根で団十郎する子供かな

枯草と一つ色なる小家かな

ゆで汁のけぶる垣根也《や》みぞれふる
山寺や雪の底なる鐘《かね》の声
むまさうな雪がふうはりふはり哉

砂《いさ》岡《おか》雁《がん》宕《とう》　①?～1773②未詳③編著「反古ぶすま」④未詳

煮《に》凍《こご》りや格子のひまを枕《もる》る月夜

西《にし》村《むら》呂《ろ》蛤《こっ》　①1789?～1801?②京都③編著「金剛心」④未詳

渺々《ひょうひょう》と枯野果てなき月夜かな

大《おお》江《え》閑《かん》斉《さい》　①?～1837頃②備中国《びっちゅうのくに》中山③編著「栗津文庫」④未詳

凩《こがらし》の星吹こみし雨戸かな

内《ない》藤《とう》鳴《めい》雪《せつ》 ①1847〜1926 ②未詳 ③「鳴雪句集」 ④78歳

冬の夜や子犬啼《な》き寄る窓明り

伊《い》藤《とう》松《しょう》宇《う》 ①1859〜1943 ②長野県 ③「松宇家集」 ④83歳

一つ家《や》に鋭き灯あり夜半の冬

森《もり》鷗《おう》外《がい》 ①1862〜1922 ②島根県 ③「うた日記」 ④60歳

灯火を消すや火桶《おけ》の薄あかり

二葉亭《ふたばてい》　四《し》　迷《めい》　①1864〜1909②江戸市ヶ谷③「落葉のはきよせ」④45歳

凩や馬に物言ふ戻り道

村《むら》　上《かみ》　鬼《き》　城《じょう》　①1865〜1938②江戸③「鬼城句集」④73歳

小春日や石を噛《か》み居《い》る赤蜻蛉

冬蜂の死にどころなく歩きけり

納豆にあたたかき飯を運びけり

寒き夜や折れ曲りたる北斗星

冬の日のくわっと明るき一《ひ》と間《ま》かな

正《まさ》岡《おか》子《し》規《き》　①1867〜1902②愛媛県松山市③句集「寒山落木」④35歳

あたたかな雨が降るなり枯葎《かれむぐら》
（注）葎…繁茂してやぶを作るつる草の総称

さらさらと竹に音あり夜の雪

吹きたまる落葉や町の行き止まり

漱石が来て虚子が来て大三十日《おおみそか》

冬ごもり世間の音を聞いて居る

木の影や我が影動く冬の月

雲のぞく障子の穴や冬ごもり

瀛《き》車道《しゃみち》の一すぢ長し冬木立

椽《えん》に干す蒲団の上の落葉哉

鴨啼《かもな》くや上野は闇に横《よこた》はる

戸を閉ぢた家の多さよ冬の村

畑の木に鳥籠かけし小春哉

日あたりのよき部屋一つ冬籠

寒き夜の銭湯遠き場末哉

筆ちびてかすれし冬の日記かな

水仙にさはらぬ雲の高さかな

草枯るる庭の日向《ひなた》や洗濯す

十年の苦学毛の無き毛布かな

赤き実《み》のひとつこぼれぬ霜の庭

何もかもすみて巨燵に年暮る丶

夏《なつ》目《め》漱《そう》石《せき》①1867〜1916②東京都新宿区③「漱石俳句集」④49歳

雪の日や火燵をすべる土佐日記

初雪や小路に入る納豆売

凩の上に物なき月夜哉

松《まつ》瀬《せ》青《せい》々《せい》①1869〜1937②大阪③句集「妻木」④67歳

夢殿にもたれて冬の一日《ひとひ》かな
人間の行く末おもふ年の暮

河東《かわひがし》碧梧桐《へきごとう》 ①1873〜1937 ②愛媛県松山市 ③「碧梧桐句集」 ④63歳

一つ家の月枯枝にかかりけり
一軒家も過ぎ落葉する風のままに行く

増田《ますだ》龍雨《りゅうう》 ①1874〜1934 ②京都 ③「龍雨句集」 ④60歳

竹馬やうれしさ見える高あるき

高浜《たかはま》虚子《きょし》 ①1874〜1959 ②愛媛県松山市 ③句集「五百句」 ④86歳

傘さしてゆくや枯野の雨の音
叱られてもぐりこんだる蒲団かな
ランプさげて人送り出る夜寒かな
手にとればほのとぬくしや寒玉子
大寒の埃《ほこり》の如く人死ぬる
凩の夜の灯うつる水溜
冬籠《ふゆごもり》心を籠《こ》めて手紙書く
流れ行く大根の葉の早さかな

寺《てら》田《だ》寅《とら》彦《ひこ》
①1878～1935②東京③「冬彦集」（随筆）④57歳

人間の海鼠《なまこ》となりて冬籠る

臼《うす》田《だ》亜《あ》浪《ろう》　①1879～1951②長野県小諸市③「亜浪句集」④72歳

子が居ねば一日寒き畳なり

ぽつくりと蒲団に入《い》りて寝たりけり

木曽路ゆく我も旅人散る木の葉

冬木《ふゆき》中《なか》一本道を通りけり

妻も子もはや寝て山の銀河冴ゆ

人込みに白き月見し十二月

永井荷風《ながいかふう》　①1879〜1959②東京③「荷風句集」④79歳

窓の灯やわが家うれしき夜の雪

湯帰りや灯ともしころの雪もよひ

種田山頭火《たねださんとうか》　①1882〜1940②山口県防府市③句集「鉢の子」④57歳

うしろすがたのしぐれてゆくか

ここにかうしてわたしをおいてゐる冬夜

渡辺水巴《わたなべすいは》　①1882〜1946②東京都台東区③「水巴句集」④64歳

年の夜やもの枯れやまぬ風の音

ポストから玩具《おもちゃ》出さうな夜の雪

うすめても花の匂《におひ》の葛湯《くずゆ》かな

ほかほかと花の月夜の湯婆《たんぽ》かな

吾等寄せて父は冬夜《ふゆよ》の巨人かな

前《まえ》田《だ》普《ふ》羅《ら》

①1884〜1954②東京③「普羅句集」④70歳

うしろより初雪ふれり夜の町

ゆく年や木もなき庭にひとの窓

北窓を閉すや貝の眠るごと

雪の夜や家をあふるる童声

寒雀身を細うして闘へり

荻《おぎ》原《わら》井《せい》泉《せん》水《すい》　①1884〜1976②東京都港区③句集「湧出《わきいず》るもの」④91歳

焚火こうこう燃え立ちて人らだまりたり

いまは仕事を愛するより外なき独り炭つぐ

ゆきの日のゆうびんのおとかよ

太陽、小春、窓のみんな明いているのが療養院です

石のまろさ雪になる

雪大いに晴れ太陽ぽとぽとしずくする

灯すといちずにふる雪となつてふる

雪はまづ木の枝にとまりつつ静かな晝《ひる》
おのれ獨りの寒夜《さむよ》のおのれをいとほしむ
蒲団ふくれし夕日に浮ぶ飛行船

尾《お》崎《ざき》放《ほう》哉《さい》
①1885～1926②鳥取県鳥取市③「放哉俳句集」④41歳

咳《せき》をしても一人
風邪に居て障子の内の小春かな
妻が留守の障子ぽつとり暮れたり
師走の夜のつめたい寝床が一つあるきり

雪積もる夜のランプ

北《きた》原《はら》白《はく》秋《しゅう》 ①1885〜1942②福岡県③句集「竹林清興」④57歳

瓦斯《ガス》燈に吹雪かがやく街を見たり

飯《いい》田《だ》蛇《だ》笏《こつ》 ①1885〜1962②山梨県東八代郡③句集「霊芝《れいし》」④77歳

冬の果《はて》蒲団にしづむ夜《よ》の疲れ

うたよみて老いざる悲願霜の天

除夜の鐘幾谷こゆる雪の闇

聖樹灯り水のごとくに月夜かな

降る雪や玉のごとくにランプ拭《ふ》く
踏切の灯を見る窓の深雪《みゆき》かな

富《とみ》安《やす》風《ふう》生《せい》　①1885〜1979②愛知県一宮町③句集「草の花」④93歳

大寒と敵《かたき》のごとく対《むか》ひたり
大いなる流れに沿へる道小春

中《なか》塚《つか》一《いっ》碧《ぺき》楼《ろう》　①1887〜1946②岡山県倉敷市③句集「はかぐら」④59歳

こゝにても荒海のひびき葱畑《ねぎばたけ》

長《は》谷《せ》川《がわ》かな女《じょ》　①1887〜1969②東京都中央区③句集「龍胆《りんどう》」④81歳

から風の夜《よる》を走れり広小路

室《む》生《う》犀《さい》星《せい》　①1889～1962②石川県金沢市③「犀星発句集」④72歳

庭石の苔《こけ》を見に出る炬燵かな

短日や夕《ゆうべ》にあらふ晝《ひる》の椀

ほほえめばえくぼこぼるる暖《だん》爐《ろ》かな

坂下の屋根みな低き落葉かな

久《く》保《ぼ》田《た》万《まん》太《た》郎《ろう》　①1889～1963②東京都台東区③句集「道芝」④73歳

湯豆腐やいのちのはてのうすあかり

一月や日のよくあたる家ばかり

枯野はも縁の下までつづきをり

（注）「はも」…深い感動を表す助詞

ゆく年のひかりそめたる星仰ぐ

しらぬまにつもりし雪のふかさかな

砂みちのすこし上《のぼ》りや冬の月

冬日さす愉しき柵のつづきけり

水にまだあをぞらのこるしぐれかな

ぬれそめてあかるき屋根や夕時雨

芥《あくた》川《がわ》龍《りゅう》之《の》介《すけ》　①1892～1927②東京③「澄江堂句集」④35歳

冬の日や障子をかする竹の影

甘栗をむけばうれしき雪夜かな

しぐるるや堀江の茶屋に客ひとり

高《たか》野《の》素《す》十《じゅう》　①1893～1976②茨城県藤代町③句集「初鴉」④83歳

一ひらの枯葉に雪のくぼみをり

川《かわ》端《ばた》茅《ぼう》舎《しゃ》　①1897～1941②東京都中央区③「川端茅舎句集」④43歳

咳き込めば我火の玉のごとくなり

冬木立《ふゆこだち》ランプ点して雑貨店
木枯《こがらし》に真珠の如きまひるかな

横光利一《よこみつりいち》 ①1898〜1947②福島県③「紋章」（小説）④49歳

ふかし芋割るやより添ふ冬の宿
木枯や海女の足裏水底に

三橋鷹女《みつはしたかじょ》 ①1899〜1972②千葉県成田③句集「向日葵」④72歳

昔雪夜のラムプのやうなちひさな恋

阿波野青畝《あわのせいほ》 ①1899〜1992②奈良県高取町③句集「万両」④93歳

あをぞらに外套《がいとう》つるし古着市

西《さい》東《とう》三《さん》鬼《き》　①1900〜1962②岡山県津山③句集「旗」④61歳

犬猫と夜はめつむる落葉の家

枯葉のため小鳥のために石の椅子

寒夜《かんや》明るし別れて少女駆け出だす

中《なか》村《むら》汀《てい》女《じょ》　①1900〜1988②熊本市③「汀女句集」④88歳

夕刊の香やあたたかく時雨けり

日《ひ》野《の》草《そう》城《じょう》　①1901〜1956②東京都台東区③「草城句集花氷」④54歳

雪の夜の紅茶の色を愛しけり

裏山に人語《じんご》きこゆる小春かな

青空に焔《ほのお》吸はるる焚火かな

切干《きりぼし》やいのちの限り妻の恩

小走りに妻の出て行く冬至かな

何か愉し年終る夜の熱き湯に

中《なか》村《むら》草《くさ》田《た》男《お》　①1901〜1983②中国福建省③句集「来し方行方」④82歳

寒燈《かんとう》にひとり寝る塵《ちり》たちにけり

山《やま》口《ぐち》誓《せい》子《し》　①1901〜1994②京都市③「誓子句集」④92歳

学問のさびしさに堪え炭をつぐ

海に出て木枯帰るところなし

芝《しば》不《ふ》器《き》男《お》　①1903〜1930②愛媛県松野町③「不器男句集」④26歳

水のめば葱のにほひや小料亭

星《ほし》野《の》立《たつ》子《こ》　①1903〜1984②東京③「立子句集」④80歳

しんしんと寒さがたのし歩みゆく

水仙の花のうしろの蕾《つぼみ》かな

北風の変りぬ夜半の時計打つ
風邪の子の客よろこびて襖あく

大野《おおの》林火《りんか》
①1904〜1982②神奈川県横浜市③句集「海門」④78歳

本買へば表紙が匂《にお》ふ雪の暮

加藤《かとう》楸邨《しゅうそん》
①1905〜1993②山梨県③句集「雪後の天」④88歳

時雨つつ林の奥は日がさしぬ
学問の黄昏《たそがれ》さむくものをいはず
カフカ去れ一茶は来れおでん酒

さむきわが影と行きあふ街の角

粉雪ふるマントの子等のまはりかな

松《まつ》本《もと》たかし　①1906〜1956②東京都千代田区③「松本たかし句集」④50歳

とつぷりと後《うし》ろ暮れゐし焚火かな

地の底に在るもろもろや春を待つ

真つ白き障子の中に春を待つ

竹馬の影近づきし障子かな

雪だるま星のおしやべりぺちやくちやと

飲食《おんじき》に汚れし炉辺や草の宿

鈴《すず》木《き》真《ま》砂《さ》女《じょ》　①1906～2003②千葉県鴨川③句集「卯波《うなみ》」④96歳

熱燗《あつかん》やいつも無口の一人客

長《は》谷《せ》川《がわ》素《そ》逝《せい》　①1907～1946②大阪市③句集「砲車」④39歳

しづかなるいちにちなりし障子かな

ふりむけば障子の桟《さん》に夜の深さ

相《そう》馬《ま》遷《せん》子《し》　①1908～1976②長野県③句集「山国」④67歳

暮れてなほ天上蒼《あお》し雪の原

石《いし》川《かわ》桂《けい》郎《ろう》　①1909〜1975②東京芝三田③句集「竹取」④66歳

一椀の藷粥《いもがゆ》の朝たふとかり

篠《しの》原《はら》梵《ぼん》　①1910〜1975②愛媛県松山市③句集「皿」④65歳

小春日に吾子の睫《まつ》毛《げ》の影頬に

ゆふぐれと雪あかりとが本の上

石《いし》田《だ》波《は》郷《きょう》　①1913〜1969②愛媛県松山市③「石田波郷句集」④56歳

雪降れり時間の束の降るごとく

夕月に湯屋開くなり近松忌

（注）近松忌…旧暦十一月二十二日

木《き》下《のした》　夕《ゆう》爾《じ》　①1914～1965②広島県福山③句集「遠雷」④50歳

冬の海みてきて低き人語かな
かじかみてつぶやくはみなおのれのこと
冴《さ》ゆる夜のレモンをひとつふところに

野《の》見《み》山《やま》　朱《あす》鳥《か》　①1917～1970②福岡県直方《のおがた》市③句集「天馬」④52歳

いま生《あ》れし星やはらかし枯木空

森《もり》　澄《すみ》雄《お》　①1919～2010②兵庫県③句集「雪櫟《ゆきくぬぎ》」④91歳

除夜の妻白鳥のごと湯浴みをり

綿雪やしづかに時間舞ひはじむ

聖《せい》夜《や》眠れり頸《くび》やはらかき幼な子は

飯《いい》田《だ》龍《りゅう》太《た》　①1920〜2007②山梨県東八代郡③句集「童眸」④86歳

子がひとりゆく冬眠の森の中

同じ湯にしづみて寒の月明り

満月の冴えてみちびく家路あり

新年の部

服《はっ》部《とり》　嵐《らん》　雪《せつ》　①1654～1707 ②江戸 ③編著「其袋《そのふくろ》」 ④54歳

元日やはれて雀のものがたり

榎《えの》本《もと》　其《き》　角《かく》　①1661～1707 ②江戸 ③句集「五元集」 ④46歳

元日の炭売十の指黒し

志《し》太《だ》　野《や》　坡《ば》　①1662～1740 ②越前国《えちぜんのくに》福井 ③共著「炭俵《すみだわら》」 ④79歳

初ぞらに渡して星のうすあかり

与《よ》謝《さ》　蕪《ぶ》　村《そん》　①1716～1783 ②摂津国《せっつのくに》東成《ひがしなり》郡 ③「蕪村句集」 ④68歳

やぶいりの夢や小豆《あずき》の煮ゆるうち

大《おお》伴《とも》大《おお》江《え》丸《まる》　①1722～1805②大阪高麗橋③「俳諧袋」④84歳

人去つて三日の夕浪しづかなり

田《た》川《がわ》鳳《ほう》朗《ろう》　①1762～1845②未詳③編著「鳳朗発句集」④84歳

大空のせましと匂ふ初日かな

小《こば》林《やし》一《いっ》茶《さ》　①1763～1827②信濃国《しなののくに》水内郡③「一茶発句集」④64歳

初春も月夜となりぬ人の顔

初空を夜着《よぎ》の袖《そで》から見たりけり

門松やひとりし聞けば夜の雨

壁の穴や我初空もうつくしき

正月の子供に成《なり》て見たき哉

這へ笑へ二ツになるぞけさからは

内《ない》藤《とう》鳴《めい》雪《せつ》 ①1847〜1926 ②未詳 ③「鳴雪句集」 ④78歳

我を続《めぐ》る湯気たのもしき初湯かな

正《まさ》岡《おか》子《し》規《き》 ①1867〜1902 ②愛媛県松山市 ③句集「寒山落木」 ④35歳

初日さす硯《すずり》の海に波もなし

煖炉《だんろ》たく部屋暖《あたたか》に福寿草

正月の人あつまりし落語かな

長病《ながやみ》の今年もまゐる雑煮哉

夏《なつ》目《め》漱《そう》石《せき》
①1867～1916②東京都新宿区③「漱石俳句集」④49歳

一人居《い》や思ふ事なき三ケ日

松《まつ》瀬《せ》青《せい》々《せい》
①1869～1937②大阪③句集「妻木」④67歳

賑《にぎ》やかにふきあげて来る雑煮かな

石《いし》井《い》露《ろ》月《げつ》
①1873～1928②秋田県③「露月句集」④55歳

我家の水音に年新たなり

高《たか》浜《はま》虚《きょ》子《し》 ①1874〜1959②愛媛県松山市③句集「五百句」④86歳

から〳〵と初湯の桶をならしつゝ

口あけて腹の底まで初笑

岡《おか》本《もと》松《しょう》浜《ひん》 ①1879〜1939②大阪③「松浜句抄白菊」④59歳

正月の凪《なぎ》つづきけり豆畑

臼《うす》田《だ》亜《あ》浪《ろう》 ①1879〜1951②長野県小諸市③「亜浪句集」④72歳

元日の日がさす縁《えん》をふみありく

松《まつ》浦《うら》為《い》王《おう》　①1882〜1941 ②神奈川県横浜市 ③句誌「俳人」④59歳

男湯の初湯に白し女の子

花屋出で満月に年立ちにけり

荻《おぎ》原《わら》井《せい》泉《せん》水《すい》　①1884〜1976 ②東京都港区 ③句集「湧出《わきいず》るもの」④91歳

好い三が日であつた妻のつぎものしている今晩

尾《お》崎《ざき》放《ほう》哉《さい》　①1885〜1926 ②鳥取県鳥取市 ③「放哉俳句集」④41歳

元日暮れたりあかりしづかに灯して

飯《いい》田《だ》蛇《だ》笏《こつ》　①1885〜1962②山梨県東八代郡③句集「霊芝《れいし》」④77歳

わらんべの溺《おぼ》るるばかり初湯かな

高《たか》橋《はし》淡《あわ》路《じ》女《じょ》　①1890〜1955②兵庫県③句集「梶の葉」④64歳

独《ひと》り身や三日の朝の小買物《こかいもの》

芥《あくた》川《がわ》龍《りゅう》之《の》介《すけ》　①1892〜1927②東京③「澄江堂句集」④35歳

元日や手を洗ひをる夕ごころ

吉《よし》屋《や》信《のぶ》子《こ》　①1896〜1973②新潟県③「吉屋信子句集」④77歳

初暦《ごよみ》知らぬ月日の美しく

富《とみ》田《た》木《もっ》歩《ぽ》

門松にひそと子遊ぶ町の月

①1897〜1923②東京③「木歩句集」④26歳

川《かわ》端《ばた》茅《ぼう》舎《しゃ》

初春の二時うつ島の旅館かな

①1897〜1941②東京都中央区③「川端茅舎句集」④43歳

阿《あ》波《わ》野《の》青《せい》畝《ほ》

一軒家より色が出て春着の児

①1899〜1992②奈良県高取町③句集「万両」④93歳

日《ひ》野《の》草《そう》城《じょう》

①1901〜1956②東京都台東区③「草城句集花氷」④54歳

初空や一片《いっぺん》の雲耀きて
枕辺へ賀状東西南北より
初春や眼鏡のままにうとうとと
呼び寄せて仰ぐ春着《はるぎ》の子の背丈

星《ほし》野《の》立《たつ》子《こ》 ①1903～1984②東京③「立子句集」④80歳

去年今年《こぞことし》ともなき我に客もなし

加《か》藤《とう》楸《しゅう》邨《そん》 ①1905～1993②山梨県③句集「雪後の天」④88歳

たのしきらし我への賀状妻が読み

松《まつ》本《もと》　たかし　①1906～1956②東京都千代田区③「松本たかし句集」④50歳

歌留田読む声のありけり谷戸の月

稲《いな》畑《はた》　汀《てい》　子《こ》　①1931～②神奈川県横浜市③「汀子句集」

幸せの待ち居る如く初暦

こころざし貫きゆかん去年今年

無季の部

宮《みや》道《みち》智《ち》蘊《うん》　①?～1448②未詳③著書「親当句集」④未詳

名も知らぬ小草花さく川辺哉

正《まさ》岡《おか》子《し》規《き》　①1867～1902②愛媛県松山市③句集「寒山落木」④35歳

内のチヨが隣のタマを待つ夜かな

種《たね》田《だ》山《さん》頭《とう》火《か》　①1882～1940②山口県防府市③句集「鉢の子」④57歳

朝湯こんこんあふるるまんなかのわたくし

わたしひとりの音させてゐる

ふつと影がかすめていつた風

また一枚ぬぎすてる旅から旅

墓がならんでそこまで波がおしよせて

荻《おぎ》原《わら》　井泉水《せいせんすい》　①1884～1976②東京都港区③句集「湧出《わきいず》るもの」④91歳

私の首も浮かして好い湯である

すべてを失うた手と手が生きて握られる

けふも我が机午前《あさ》の青空をうつせり

獨《ひと》り浴《ゆあ》みつつ一つの星と瞳合はせつ

島の燈臺《とうだい》と明星といま灯りたり

大なる星一つ澄み旅の空かな

自分の茶碗のある家にもどつてゐる

尾《お》崎《ざき》放《ほう》哉《さい》　①1885〜1926②鳥取県鳥取市③「放哉俳句集」④41歳

たつた一人になりきつて夕空

板じきに夕餉《ゆうげ》の両ひざをそろへる

淋しいぞ一人五本の指を開いて見る

雀のあたたかさを握るはなしてやる

入れものが無い両手で受ける

波音正しく明けて居るなり

西《にし》脇《わき》順三郎《じゅんざぶろう》　①1894〜1982②新潟県③詩集「旅人かへらず」④88歳

窓にうす明りのつく人の世の淋しき

西《さい》東《とう》三《さん》鬼《き》　①1900〜1962②岡山県津山③句集「旗」④61歳

手品師の指いきいきと地下の街

日《ひ》野《の》草《そう》城《じょう》　①1901〜1956②東京都台東区③「草城句集花氷」④54歳

夕空のたのしさ水にうつる雲

茶を飲むのみ北の涯《はて》より来《き》し友と

見えぬ眼の方の眼鏡の玉も拭く

篠《しの》原《はら》鳳《ほう》作《さく》　①1905～1936　②鹿児島市　③著作「篠原鳳作全句文集」　④30歳

しんしんと肺碧《あお》きまで海のたび

満天の星に旅ゆくマストあり

ルンペンのうたげの空の星一つ

参考文献

「俳句人名辞典」金園社
「俳文学大辞典」角川書店
「季語秀句辞典」柏書房
「評解名句辞典」創拓社
「新編俳句の解釈と鑑賞事典」笠間書院
「近代俳句大観」明治書院
「蕪村全句集」おうふう
「俳壇年鑑」（平成13年版）本阿弥書店
「文藝年鑑」（平成12年版）新潮社

追記
著作権の問い合わせ先が、一部の俳人において不明でしたが、それらの名句を捨てるにはあまりに忍びなかったので、掲載させていただきました。

名俳句《めいはいく》 一〇〇〇

平成14年 2月 1日 第1刷
平成26年 8月 12日 第11刷

著　者　佐川和夫《さがわかずお》 篇
発行人　山田有司
発行所　株式会社　彩図社《さいずしゃ》
東京都豊島区南大塚3-24-4
中野ビル　〒170-0005
TEL:03-5985-8213
FAX:03-5985-8224

印刷所　新灯印刷株式会社

ISBN978-4-88392-171-3 C0192